Marisol's Parasol

By Wendy Fielding

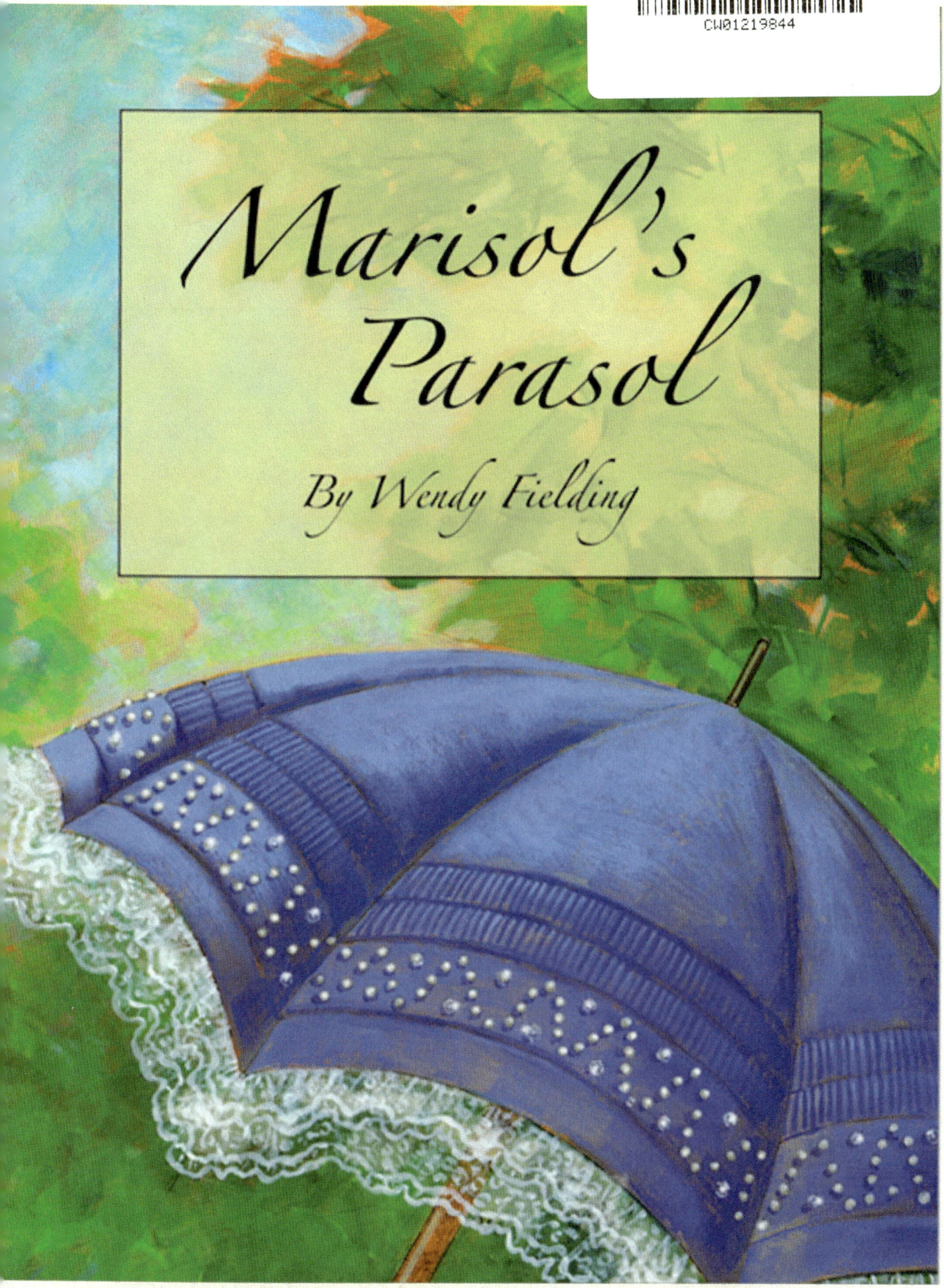

Copyright © 2014 Wendy Ann Fielding
All rights reserved.

ISBN: 1502366738
ISBN 13: 9781502366733

Library of Congress Control Number: 2014916614
CreateSpace Independent Publishing Platform
North Charleston, South Carolina

Dedication

Marisol's Parasol is dedicated foremost to the memories of my mother Marylynn, and my father, Sol. Throughout my life, they showed me appreciation for both literature and art. I prefer to think of Marisol as the grandchild named after the two of them.

Another dedication is to my tomboy princess, Deanna Rose. You are my tiger lily. You have revived my imagination in so many ways. For that, I am grateful.

Also, it is dedicated to all the young women who create their own happiness through their own achievements, and to those that strive to do so.

I would like to give special thanks to my illustrator, the wonderful and very talented, Ruth Palmer.

Also, I would like to express appreciation to my friend and colleague Mary Leptak who translated Marisol's Parasol into Spanish. Readers can now enjoy it in both languages within one book.

Dedicatoria

Este libro, La sombrilla de Marisol, está dedicado, sobre todo, a las memorias de mi madre, Marylynn, y mi padre, Sol. A lo largo de mi vida, ellos me mostraban una apreciación de la literatura y del arte. Prefiero considerar a Marisol como una nieta nombrada por los dos.

Otra dedicatoria es a mi "princesa tomboy", Deanna Rose. Eres mi azucena tigre. Has resucitado tanto mi imaginación de tantas maneras. Por eso, te lo agradezco.

También, está dedicado a todas las jóvenes que crean su propia felicidad a través de sus propios logros, y a las que se esfuerzan por hacerlo.

Quiero darle las gracias de manera muy especial a mi ilustradora, la maravillosa y muy talentosa Ruth Palmer.

También, quisiera expresar mi gratitud a mi amiga y colega, Mary Leptak, quien tradujo la obra *Marisol's Parasol* al español. Ahora los lectores pueden disfrutar de la obra en dos lenguas dentro de un libro.

There once was a pretty young girl named Marisol who lived with her mean old Aunty Patica. Sadly, Marisol's mother and father died when she was a little girl. Aunty Patica made her do all of the household chores by herself and treated her very unkindly. Marisol was not allowed to attend neighborhood parties or picnics because she always had so much to do around the house each and every day. Aunty Patica would often say mean things to her, such as "Marisol, you empty-headed girl, aren't you finished with the cleaning yet?"

Marisol felt very sad. She was often left alone in the house, but she made the best of it. After her chores were finished, she would take out her sewing needles and thread. As she sewed, she thought about the times that she and her mother would sit together for hours, stitching and chatting. Her sewing comforted her and helped her to not think about her loneliness.

Había una vez una niña muy bonita que se llamaba Marisol. Marisol vivía con su tía desagradable llamada Tía Aunty Pática. Desgraciadamente, los padres de Marisol se habían muerto cuando ella era una niña muy pequeña. Tía Aunty Pática le encargaba de todas las tareas de casa por si sola y la trataba muy mal. Marisol no era permitida de asistir a las fiestas del vecindario ni tampoco a las meriendas porque siempre tenía tanto que hacer en la casa, todos los días. Tía Aunty Pática le decía a menudo cosas odiosas, como "Marisol, boba, ¿ya no has terminado con la limpieza?"

Marisol se sentía muy triste. Se le dejaba a menudo sola en casa, pero sacó el mejor partido del tiempo sola. Después de cumplir sus quehaceres, sacaba sus agujas e hilo. Mientras que cosía, pensaba en las horas que había pasado con su querida madre, cosiendo y charlando. Su costura la consolaba y le ayudaba para que no pensara en su soledad.

One day while tidying up the attic, Marisol came across a lovely bedcover. It was of a soft blue that reminded her of the sky and was trimmed with white lace. It had been packed away in an old trunk for many years.

This bedcover can be made into some fine clothing, Marisol thought. *I'll make a dress with lace slippers to match.*

Upon searching further in the trunk, Marisol found a string of shiny pearls that her mother once wore. It reminded her of her mother's pearly white smile. Along with the pearls, she found a string of shiny crystal beads. These reminded her of her mother's sparkling eyes. She could hardly wait to begin her project.

Un día, mientras que limpiaba el desván, Marisol descubrió una colcha muy bonita. Era de un azul muy suave que le recordaba del cielo y adornada con bordes de encaje blanca. Había sido empacada en un viejo baúl durante hacía muchos años.

*Esta colcha se puede transformar en ropa muy **fina**,* pensó Marisol. Haré un vestido con zapatillas coordinadas.

Al buscar más en el baúl, Marisol halló un collar de perlas que su madre había llevado. Le recordaba de la sonrisa de su madre, blanca como la nieve. Junto con las perlas, halló un collar de cuentas brillantes. Este le recordó de los ojos vivarachos de su madre. Esperó ansiosamente empezar su proyecto.

Marisol collected all of the materials and hurried across the squeaky attic floor toward the stairs. Suddenly she stumbled over an old cherry wood walking cane that had once belonged to her grandfather. She picked it up, and as she moved her fingers over the smooth wood, fond memories of her grandpa came back to her too.

Suddenly another wonderful idea came to her. "This will make a perfect handle for a parasol! I'll make one to match the dress and slippers!" she said aloud. The parasol would be very pretty and would keep the sun off her face.

Marisol recogió todos los materiales and corrió al otro lado del desván hacia la escalera. De repente, se tropezó con un bastón en madera de cerezo que había pertenecido a su abuelo. Lo recogió y, mientras que acaricía los dedos sobre la madera lisa del bastón, buenos recuerdos de su abuelo llenaron el alma, también.

De súbito, otra buena idea entró en su mente. "¡Éste será un mango perfecto de una sombrilla! "¡Diseñaré una para corresponder con el vestido y las zapatillas!" dijo ella en voz alta. La sombrilla iba a ser muy bonita y protegería el rostro del sol.

And so Marisol worked on the ensemble whenever her aunt wasn't home and she had time for herself. She meticulously decorated each piece with the pearls and beads. Finally the day came when the outfit was complete. Each piece sparkled. When she tried the outfit on, she too sparkled.

But where and when would she wear it? Marisol did not know. This made her sad, but then she thought of how very proud her mother would have been of her. Knowing this made her smile, and she felt warmth in her heart.

Y entonces Marisol trabajaba sobre el conjunto siempre que su tía no estaba en casa y estaba a solas. Ella decoró cuidadosamente cada pieza con las perlas y cuentas. Llegó finalmente el día en que el conjunto estaba terminado. Cada pieza resplandecía. Al probarse el traje, ella también lucía.

¿Pero dónde y cuándo lo llevaría? Marisol no lo sabía. Se entristeció, pero luego pensó que su madre hubiera estado tan orgullosa de ella. Sabiendo esto la hizo sonreír, y le calentó el corazón.

Then came a day when a special invitation arrived at the house. Anne Kind, the rich and famous fashion designer, was hosting a grand picnic in the park. Marisol overheard Aunty Patica talking about the picnic with Fanny Goodweather, their neighbor from the house next door.

Trying to hold down her excitement, Marisol asked, "Please, Aunty Patica, may I go to the picnic?"

"Yes, certainly you may go," she replied to Marisol in an overly sugary voice. "But first you must make sure to scrub all the floors in the entire house. Wash and hang out all the laundry. Do all the dirty dishes and dust all the furniture. Then, if you're not too tired, you can go!" And with a little smile and a devilish glint in her eye, Aunty Patica walked away.

Marisol was left frowning and feeling hopeless. She knew that she would never finish the chores in time for the picnic. And even if she did, they would tire her out too much to go. She needed a miracle. Her mother had always taught her to believe in miracles, both big and small.

Un día, llegó a la casa una invitación muy especial. Anne Kind, la diseñadora muy rica y famosa, iba a hospedar una gran merienda en el parque. Marisol escuchó una conversación entre Tía Aunty Pática y Ada Marina, su vecina de al lado, sobre la merienda.

Tratando de controlar su entusiasmo, Marisol preguntó, "Por favor, Tía Aunty Pática, ¿ puedo ir a la merienda?"

"Sí, cierto," le contestó a Marisol, con una voz demasiado dulce. "pero primero, tienes que fregar todos los suelos de la casa entera. Entonces, lava la ropa y cuélgala a secar. Lava los platos sucios y limpia el polvo de los muebles. Entonces, si no estás desmasiado cansada, ¡puedes ir!" Y con una pequeña sonrisa y la mirada diabólica, Tía Aunty Pática se marchó.

Le dejó a Marisol con el ceño fruncido y sin esperanza. Sabía que no podía terminar con las tareas domésticas a tiempo para la merienda. Y aunque terminara las tareas domésticas, le cansarían demasiado para ir. Necesitaba un milagro. Su madre siempre le había enseñaba de creer en milagros, tanto grandes como pequeños.

On the morning of the picnic, Marisol tried in vain to complete her list of seemingly endless tasks. As she was hanging the laundry on the line to dry, Fanny Goodweather called over from her window.

"Hello there, Marisol! Shouldn't you be getting ready for the picnic? Everybody in town's been invited!"

"I have to finish all of my chores before I can go," sighed poor Marisol. "And the list is endless. I'm afraid I'll have to miss it," she said tearfully.

La mañana de la merienda, Marisol trató en vano de terminar su lista aparentemente interminable de tareas. Mientras que colgaba la ropa a secar, Ada Marina la llamó de su ventana.

"¡Hola, Marisol! ¿Por qué no estás preparándote para ir a la merienda? Todo el pueblo está invitado!"

"Tengo que terminar todas las tareas domésticas antes de que pueda ir," suspiró la pobre Marisol. "Y la lista es interminable. Temo que perderé la merienda," dijo ella con lágrimas en los ojos.

After Aunty Patica dressed and left for the picnic, Marisol continued to work. She knew she would never finish her chores in time to go herself.

Suddenly someone knocked at the door. It was Fanny Goodweather. She came waltzing into the house with a mop, bucket, and feather duster.

"Well, I'm no *fairy godmother*," she said cheerfully, "but I can help you finish your chores so you can go to the picnic!"

"Oh, I'd appreciate your help so much! Thank you, Fanny!" cried Marisol.

So off to work they went, and in just about an hour or so, they had completed all the chores. They were a bit tired, but after a short rest and some freshening up, they were ready to go to the picnic and have a good time.

Fanny Goodweather gasped when she saw Marisol's ensemble. "Wherever did you buy such a stupendous outfit?"

"Thank you, Fanny. The truth is I made it from an old bedcover and necklaces I found in the attic. I've wanted to wear it for quite a while, and thanks to you, Fanny, I'm going to do that right now!"

"You look absolutely beautiful from head to toe," said Fanny. "You'll be the belle of the *ball*! Let's go at once!"

Después de que Tía Aunty Pática se había vestido y salido para la merienda, Marisol seguía trabajando. Ella sabía que nunca terminaría sus tareas a tiempo para ir.

De pronto, alguien tocó a la puerta. Fue Ada Marina. Entró en la casa tan campante, llevando una fregona, un cubo, y una plumera.

"Pues, no soy ningún Hada madrina," dijo alegremente, "¡pero yo sí puedo ayudarte a terminar tus quehaceres domésticos para que puedas asistir a la merienda!"

"Ay, ¡cuánto agradecería tu ayuda! ¡Muchísimas gracias, Ada!" exclamó Marisol.

Y así se pusieron a trabajar y, en apenas una hora, habían completado todas las tareas domésticas. Estaban un poco cansadas, pero, tras un corto descanso y refrescarse, ya estaban listas para ir a la merienda y divertirse.

Ada Marina jadeó cuando vio el traje de Marisol. "¿Dónde compraste un conjunto tan estupendo?"

"Gracias, Ada. La verdad es que lo he diseñado de una colcha vieja y unos collares que hallé en el desván. Lo he querido llevar desde hace tiempo y, gracias a ti, Ada, ¡ha llegado el momento perfecto!"

"Estás absolutamente hermosa, de pies a cabeza," dijo Ada. "¡Vas a ser la reina de la fiesta! ¡Vámanos en seguida!"

When Marisol and Fanny arrived at the picnic, they found everybody chatting and enjoying fresh delicacies, such as *pumpkin* bread and apple pie.

Marisol received countless compliments on her outfit.

"What a lovely dress!" remarked one guest.

"And such pretty *lace slippers*!" said another.

"That parasol is just absolutely gorgeous!" yet another guest added.

Cuando Marisol y Ada llegaron a la merienda, encontraron a todo el mundo charlando y gozando de las delicias, como pan de calabaza y pastel de manzana.

Marisol recibió innumerables cumplidos por su traje.

"¡Qué vestido más hermoso!" observó una invitada.

"¡Y qué bonitas son las zapatillas de encaje!" dijo otra.

"¡La sombrilla es absolutamente magnífica!" añadió otro huésped.

Aunty Patica was standing nearby and heard the commotion. Her eyes widened in surprise, then narrowed with annoyance when she spotted Marisol with Fanny Goodweather. Frowning, she rushed over to Marisol.

"Marisol! You couldn't possibly have finished all of those chores!"

"Yes, as a matter of fact we did!" said Marisol happily.

"What do you mean by *we*?" demanded Aunty Patica, seeming to grow more annoyed by the minute.

"Fanny Goodweather here helped me finish everything," Marisol replied. "Wasn't that so nice of her, Aunty Patica?"

"Indeed it was," Aunty Patica said dryly. "Pardon me, won't you? I see someone over there I must speak with." And off she went in a huff.

Tía Aunty Pática estaba cerca y oyó la conmoción. Abrió los ojos sorprendida, y después los ojos se estrecharon con fastidio cuando vio a Marisol con Ada Marina. Frunciendo, se le acercó a Marisol.

"¡Marisol! ¡No es posible que hayas terminado todas las tareas de la casa!"

"¡Sí, de hecho, nosotras las hemos terminado todas!" respondió Marisol felizmente.

"¿Qué quiere decir *nosotras*?" preguntó Tía Aunty Pática, poniéndose cada vez más enojada.

"Ada Marina me ayudó a terminarlo todo," Marisol replied. "¿Verdad que es muy generosa, Tía Aunty Pática?"

"De hecho, sí," Tía Aunty Pática dijo secamente. "Ahora, si me disculpas, tengo que hablar con alguien allá." Y se alejó enfadada.

Marisol and Fanny were having a wonderful time when they heard a sudden shriek. Folks rushed over to see what the cause could be. "What's happened?" Marisol inquired as she tried to peer through the crowd.

"Oh, Marisol!" someone said. "A *mouse* ran straight into Aunty Patica's lap. Apparently your aunty fainted dead away!"

Even though Marisol was truly concerned about her aunt, she and Fanny could not help but look at each other and chuckle. Neither of them was afraid of mice. After they saw that Aunty Patica was fine, they quickly helped her out of the chair and walked her home.

When they reached Aunty Patica's house, Marisol thanked Fanny Goodweather and told her good-bye. It was when Marisol was helping her aunt up the steps that she noticed she had left her parasol behind.

"Oh dear, I forgot my parasol at the picnic. Perhaps I can find it tomorrow," said Marisol hopefully.

"Is *that* all you can think about after that horrid rat attacked me?" asked Aunty Patica with disgust. She then clicked her teeth and walked abruptly inside.

Marisol y Ada estaban divirtiéndose mucho cuando oyeron un repentino grito.

La gente se acercó para descubrir la causa. "¿Qué pasó?" preguntó Marisol, tratando de ver por la multitud.

"¡Ay, Marisol!" dijo alguien. "Un *ratón* saltó directamente en el regazo de Tía Aunty Pática. Aparentemente, ¡tu tía se ha desmayado en seguida!"

Aunque Marisol estaba verdaderamente preocupada por su tía, ella y Ada no pudieron evitar mirarse y reírse. Ninguna de ellas tenía miedo de los ratones. Después de averiguar que Tía Aunty Pática estaba bien, la ayudaron rapidamente de la silla y la acompañaron a casa.

Cuando llegaron a la casa de Tía Aunty Pática, Marisol agradeció a Ada Marina y se le despidió. Fue mientras que Marisol ayudaba a su tía a subir la escalera que se dió cuenta de que había dejado atrás su sombrilla.

"Ay de mí, he olvidado mi sombrilla en el parque. Quizás la pueda hallar mañana," dijo Marisol con esperanza.

"¿No puedes pensar en nada más después de que esa rata horrible me atacó?" preguntó Tía Aunty Pática con repugnancia. Entonces apretó los dientes y se alejó bruscamente.

The next day, the doorbell rang. Aunty Patica called out, "Marisol, hurry up and get the door, will you? Oh honestly, you move like a snail!"

When Marisol opened the door, none other than Anne Kind herself stood there. "Pardon me," she said. "I'm hoping to find the creator of this wonderful parasol. The workmanship in it shows great talent! Would you happen to know who made this?"

Marisol politely introduced herself as she showed her in. Then she quickly dashed off to get the matching dress and slippers.

Meanwhile Aunty Patica hurried over to greet their guest. "My, it's so good to see you again, Madam Kind! To what do I owe the honor of your visit to my humble home?" she asked. Aunty Patica was eager to become friendly with someone so wealthy and popular. She imagined how wonderful it would be to be included among Madam Kind's rich and important friends. Oh, the interesting gossip she could tell the neighbors!

"I was told that the person who created this marvelous parasol might live here. I hope you can help me find her," Anne Kind replied.

El próximo día, tocó el timbre. Tía Aunty Pática gritó, "Marisol, apúrate y abre la puerta, ¿vale? ¡Ay, de veras, eres más lenta que una tortuga!"

Cuando Marisol abrió la puerta, estuvo allá la famosa Anne Kind. "Discúlpame," dijo ella. "Busco al creador de esta magnífica sombrilla. La mano de obra demuestra un gran talento! ¿Sabrás por casualidad quién lo ha diseñado?"

Marisol cortésmente se presentó y la invitó en la casa. Entonces, rapidamente salió a buscar el vestido y las zapatillas coordinadas.

Mientras tanto, Tía Aunty Pática se apresuró a saludar a la convidada. "Ay, ¡qué placer verle otra vez, Señora Kind! ¿A qué debemos el honor de su visita a mi casa humilde?" preguntó. Tía Aunty Pática estaba ansiosa de hacer amistad con alguien tan rica y popular. Se imaginó qué maravilloso sería incluírse entre los amigos ricos e importantes de la Señora Kind. Ay, ¡los chismes interesantes que pudiera compartir con los vecinos!

"Me han dicho que la persona que creó esta sombrilla maravillosa vivirá aquí. Espero que me pueda ayudar a encontrarla," contestó Anne Kind.

"Well, I'm not exactly sure who made that lovely parasol; however, would you allow me to show you a bit of my own sewing? I've been known to put together a fancy dress or two!"

Smiling, Aunty Patica turned to fetch her best dress. As she waltzed back into the room, she held it out for Anne Kind to see. "And here's a sample of my work," Aunty Patica said proudly.

Anne Kind briefly looked over the dress and shook her head. "Although this is quite nicely done, it doesn't show the talent and workmanship in this parasol."

Aunty Patica's face filled with disappointment. "Oh, I see," she said glumly. Then she perked up and asked with a smile, "Can I offer you some tea?"

"Bueno, no sé exactamente quien ha hecho esa sombrilla bonita; sin embargo, ¿ me permitiría Ud. mostrarle un poquito de mi propia costura? ¡He sido conocido por diseñar unos vestidos muy elegantes!"

Sonriendo, Tía Aunty Pática se volvió a buscar su mejor vestido. Mientras que volvió a la sala tan campante, se lo ofreció para que Anne Kind pudiera verlo. "He aquí una muestra de mi obra," dijo Tía Aunty Pática con orgullo.

Anne Kind dio un vistazo al vestido y sacudió la cabeza. "Aunque está bien hecho, no demuestra el talento y la mano de obra del diseñador de esta sombrilla."

La cara de Tía Aunty Pática se arrugó ante la decepción. "Ay, comprendo perfectamente," dijo tristemente. Entonces se animó y preguntó con una sonrisa, "¿Quisiera Ud. un té?"

Just then Marisol entered the room with her beautiful dress and slippers. She held them out for Anne Kind to see.

"These match the parasol perfectly! Is it you who created them?"

"Yes, I made them from an old bedcover. My dear mother taught me how to sew before she died many years ago," replied Marisol.

"I can see by your workmanship that you have the talent I seek. You see, I've been looking for an assistant to help me with my fashion design. I've been overwhelmed by orders from far and wide, and you seem to be just the person I need! What do you think, Marisol? Would you like to help design apparel for my stores?"

Marisol was speechless, but her eyes glowed with excitement. At last she managed to smile and said graciously, "It would be an honor!"

Aunty Patica's jaw dropped in disbelief as she stood watching them. She could say or do nothing.

"It's settled then. I'll send a coach for you in two weeks. That will give you plenty of time to pack your belongings, say your farewells, and prepare yourself for a new job and a new life," said Anne Kind, smiling kindly.

En ese momento Marisol entró en la sala con su vestido hermoso y sus zapatillas. Dio el conjunto a Anne Kind para que ella pudiera verlo.

"¡Éstos coordinan perfectamente con la sombrilla! ¿Eres tú quién los ha creado?"

"Sí, los he diseñado de una colcha vieja. Mi querida madre me enseñó a coser antes de que se muriera hace muchos años," contestó Marisol.

"Veo a través de tu mano de obra que tienes el talento que busco. Es que busco a una asistente para ayudarme con mi diseño de moda. Me siento abrumada por órdenes de todas partes, ¡y pareces ser exactamente la persona que busco! ¿Qué piensas, Marisol? ¿Quisieras ayudarme a diseñar ropa para mis tiendas?"

Marisol se quedó sin habla, pero sus ojos brillaban de emoción. Por fin, logró sonreír y dijo con gratitud, "¡Sería un honor!"

Tía Aunty Pática se quedó boquiabierta observándolas. No podía decir ni hacer nada.

"Entonces, está arreglado. Te mandaré una carroza en dos semanas. Te dará tiempo suficiente para hacer las maletas, hacer tus despedidas, y prepararte para un nuevo trabajo y una nueva vida," dijo Anne Kind, sonriendo amablemente.

When fourteen days had passed, an elegant *coach* pulled by two white horses arrived to take Marisol away. As she bid Marisol farewell, Aunty Patica surprised her niece by handing her a heart-shaped gold locket.

"This was your mother's locket," she said to Marisol. "Your grandmother gave one to your mother and to me when we were young girls about your age. I'm sure your mother would have wanted you to have it. It has her initials engraved on the front. Perhaps it will bring you good fortune."

And although Aunty Patica had always been unkind to her, Marisol was touched by the gift and glad to leave on a friendly note. Her mother had always told her there was goodness somewhere deep down in everyone. She felt content in knowing there was kindness even in Aunty Patica.

Al pasar los catorce días, una carroza elegante tirada por dos caballos blancos llegó para llevar a Marisol. Al despedirle a Marisol, Tía Aunty Pática sorprendió a su sobrina al darle un portafotos en oro en forma de corazón.

"Este portafotos era de tu madre," le dijo a Marisol. "Tu abuela dio uno a tu madre y uno a mí cuando éramos jóvenes de tu edad. Sé que tu madre habría querido que tú lo tuvieras. Tienes sus iniciales grabadas en la parte delantera. Quizás te traiga buena fortuna."

Y, aunque Tía Aunty Pática siempre la había tratado mal, Marisol estuvo conmovida por el regalo y contenta de salir amigablemente. Su madre siempre le había dicho que hay algo bueno en cada persona, en el fondo. Estaba contenta de saber que aún en Tía Aunty Pática había bondad.

It didn't take much time before folks were buying up Marisol's designs. Her parasols, especially, sold faster than she could make them. On warm, sunny days, a parade of her parasols could be seen promenading up and down the main streets in a big city not very far from where Marisol spent her childhood.

One summer day a few years later, Fanny Goodweather decided to take a train ride to go shopping in the big city, quite a distance from where she now lived in the mountains. There were not many shops up on the mountainside in which Fanny could indulge herself.

She was strolling along the busy city sidewalk when suddenly she caught sight of a sign above a shop. In big, bold letters the sign read: *"Marisol's Parasols."* She watched a stream of customers hurrying into the shop and coming back out with their hands filled with bags.

Fanny decided to go into the shop herself. When she walked in, she saw Marisol busily packaging parasols for the customers.

"Hello, Marisol!" called Fanny.

Marisol looked up and instantly recognized the friendly face she had not seen in years.

"Why, Fanny Goodweather! It is *so* good to see you! How have you been?" Marisol exclaimed, unable to contain her excitement.

No pasó mucho tiempo antes de que la gente comprara los diseños de Marisol. Sus sombrillas, sobre todo, se vendían antes de que pudiera producirlas. En los días calurosos y soleados, se podía ver un desfile de sus sombrillas recorriendo las calles principales de una ciudad grande no muy lejos de donde pasó Marisol su juventud.

Un día de verano unos años más tarde, Ada Marina decidió tomar el tren a la ciudad para ir de compras, bastante lejos de donde vivía entonces en las montañas. No había muchas tiendas allá en la ladera de la montaña de que Ada podía disfrutar.

Daba un paseo por la acera ocupada de la ciudad cuando, de pronto, vio un rótulo de una tienda. El texto en letra grande en negrita se leyó: ***"Sombrillas de Marisol."*** Miraba mientras que un flujo constante de clientes entraba de prisa en la tienda y entonces salía, las manos llenas de bolsas.

Ada decidió entrar en la tienda. Al entrar, vio a Marisol muy ocupada, llenando las bolsas con sombrillas para los clientes.

"¡Hola, Marisol!" llamó Ada. Marisol miró hacia arriba y reconoció en seguida la buena cara que hacía años no había visto.

"¡Ada Marina! ¡Qué bueno verte! ¿Cómo has estado?" exclamó Marisol, no pudiendo contener su entusiasmo.

"Not half as busy as you've been, my dear!" Fanny said as she looked around the shop. "You seem to be running a fine business here! Good for you! What else is new? How is that *charming* husband of yours?"

"He is doing very well, thank you". We have a little girl now! Her name is Deanna Rose. She is nearly two years old!" informed Marisol with excitement.

"Oh, my! That is absolutely wonderful!" exclaimed Fanny.

"Yes, we have a fabulous nanny who looks after her a few days a week while I take care of business here. I love my work…and fortunately so do others!" Marisol chuckled.

"And how are things with you, dear Fanny? How is life up in the north?"

"Everything has been just fine," Fanny replied cheerfully." "I enjoy the fresh mountain air very much!"

"Marisol, you must come and visit soon. I'd love to see you and your husband—and especially that little baby girl of yours before she's old enough to carry her own parasol! I'm sure she'll grow up to be the most finely dressed young lady in the land!" Fanny laughed heartily.

"We'll be sure to visit very soon, Fanny!" Marisol promised.

"Fine, then. I must be going now. It was so good to see you, Marisol!"

"¡No tan ocupada como ti, mi querida!" dijo Ada, mientras que echaba un vistazo a la tienda. "Me parece que tienes un buen negocio aquí. ¡Enhorabuena! ¿Qué más hay de nuevo? ¿Cómo está tu marido *encantador*?"

"Esta muy bien, gracias. Tenemos una hija pequeña ahora. ¡Tiene casi dos años! Se llama Deanna Rosa," le informó Marisol con entusiasmo.

"¡Ay de mí! ¡Qué maravillosa!" exclamó Ada.

"Sí, empleamos a una niñera magnífica que la cuida unos días a la semana mientras que me ocupo del negocio aquí. Me encanta mi trabajo…y, afortunadamente, a los demás les gusta, también!" Marisol se rió.

"¿Y cómo estás tú, mi querida Ada? ¿Qué tal la vida en el norte?"

"Todo va muy bien," respondió Ada con alegría." "¡Disfruto del aire fresco de la montaña!"

"Marisol, tienes que visitarme pronto. Me encantaría verte y a tu marido—y, sobre todo, ¡a esa neña tuya antes de que tenga edad suficiente para llevar su propia sombrilla! ¡Seguramente será la joven la mejor vestida del país cuando crezca!" Ada se rió con gusto.

"¡Seguro que te visitaremos pronto, Ada!" Marisol prometió.

"Bien, entonces. Tengo que irme ahora. ¡Qué bueno verte, Marisol!"

"It was good to see you too, Fanny. Take good care…and oh! Please choose any parasol you like as a gift on your way out. There are some that may be especially to your liking over in the corner."

Fanny chose an elegant lavender parasol with ruffled trim. She thanked Marisol, and as she stepped out the door, the bell overhead made a little jingle jangle.

As Fanny walked along the streets with her new parasol shading her from the sun, she smiled to herself. She thought back to the morning she had helped Marisol finish her chores in time for the picnic. As she began to twirl the parasol, she remembered that a little bit of help makes the world go around.

The End

"A ti, también, Ada. Cuídate…y… ¡por favor, escoge cualquiera sombrilla de regalo antes de salir. Hay algunas que ciertamente te gustarían allá en el rincón."

Ada escogió una sombrilla elegante de color lavanda con volante. Agradeció a Marisol y, en cuanto salió por la puerta, la campanilla de arriba tintineó.

Mientas que Ada andaba por las calles con su nueva sombrilla protegiéndola del sol, ella se sonreía. Pensó en la mañana en la que había ayudado a Marisol a terminar sus quehaceres a tiempo para la merienda. Cuando empezó a dar vueltas a la sombrilla, recordó que un poco de ayuda es lo que hace girar el mundo.

Fin

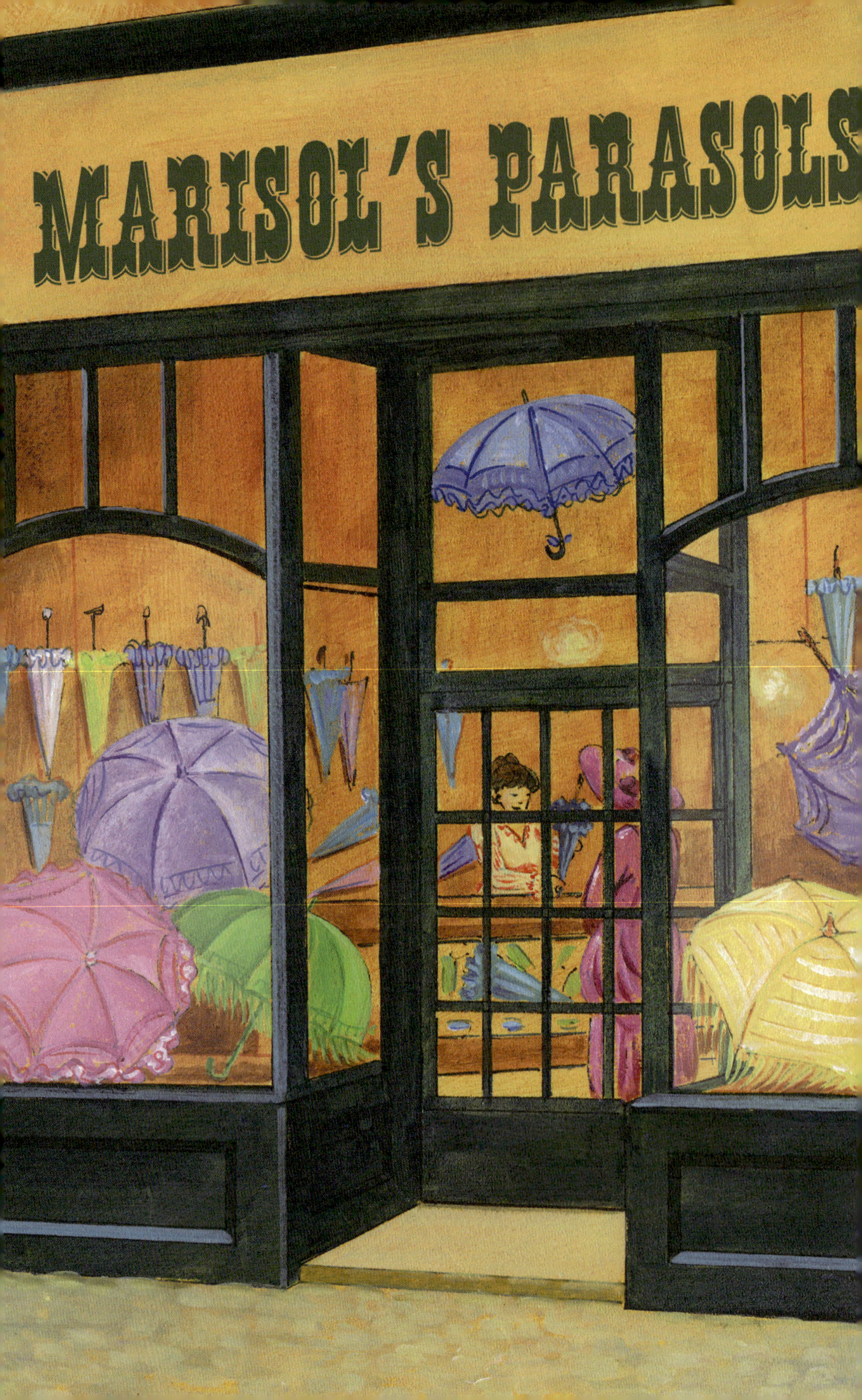
MARISOL'S PARASOLS

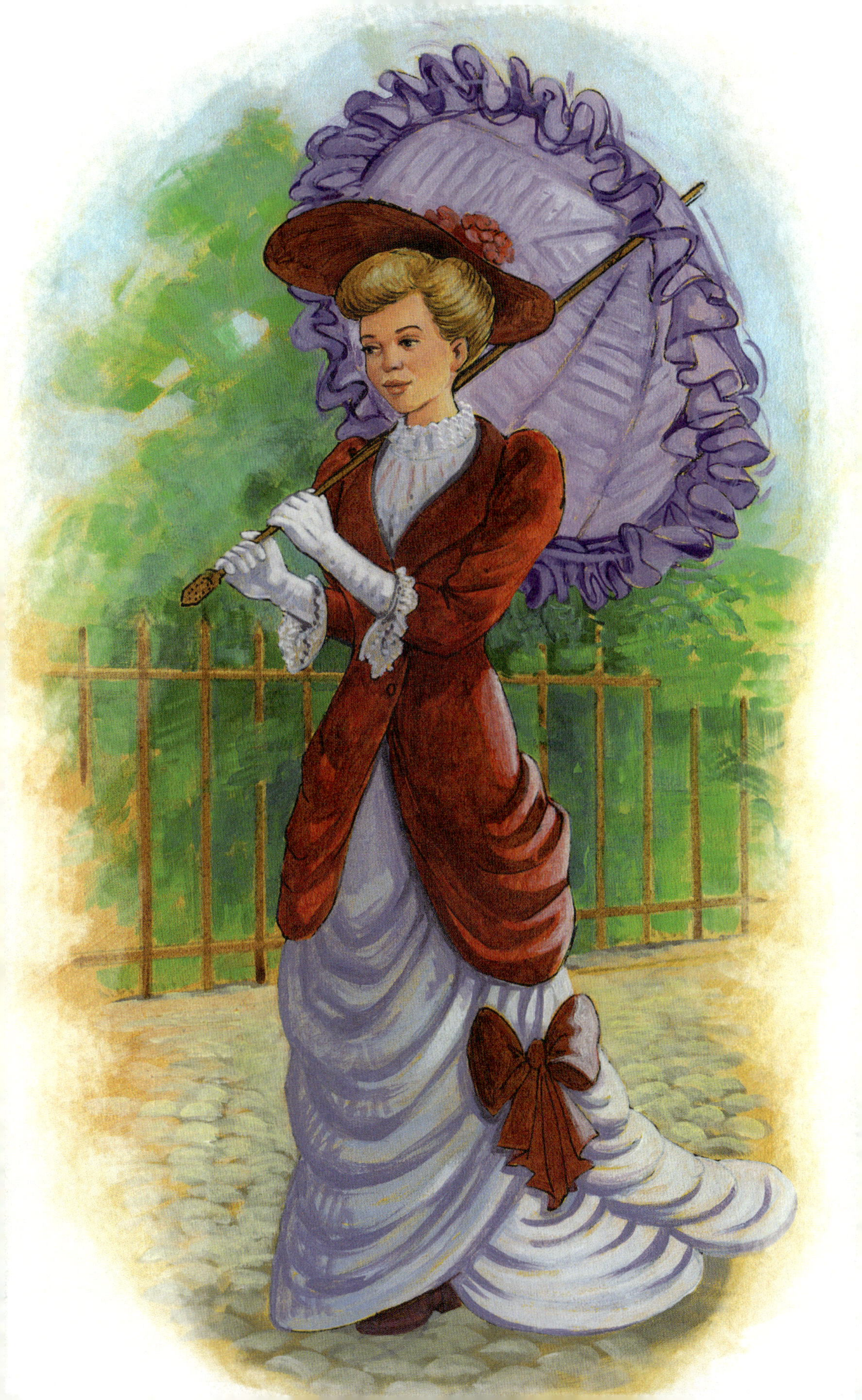

Let's Talk About The Story!

Describe Marisol's character. How is she similar to Cinderella? How is she different?

How are the other characters, events, and details of Marisol's Parasol and Cinderella similar? How are they different?

How does Fanny Goodweather's act of kindness affect Marisol's future? How might the story have ended without the help of Fanny?

What are the differences in the ways that Marisol and Cinderella find happiness at the end of their stories?

In what meaningful ways have you helped your friends? How did your help or support make your friends feel? How did it make you feel?

Have you acted unkind to someone in the past? How did you, or how might you have, shown kindness to that person afterward?

What would the world be like if we all did random acts of kindness every day?

¡Vamos a hablar del cuento!

Describe el personaje de Marisol. ¿Cuáles son unas semejanzas entre Marisol y la Cenicienta? ¿Cuáles son las diferencias?

¿Qué aspectos de los otros personajes, eventos, y detalles de La sombrilla de Marisol/Marisol's Parasol y La Cenicienta son semejantes? ¿Y diferentes?

El acto de bondad de Hanna ¿cómo afecta el futuro de Marisol? ¿Cómo terminaría el cuento sin la ayuda de Ada?

¿Cuáles son las diferencias entre los modos en que Marisol y la Cenicienta encuentran la felicidad al fin de sus cuentos?

¿De qué maneras significativas has ayudado a tus amigos? Cómo se sentían tus amigos con tu ayuda o apoyo? ¿Cómo te sentías?

¿Te has comportado de una manera poco amistosa o cruel en el pasado? ¿Cómo mostraste, o debieras haber mostrado, la bondad a esa persona después?

¿Cómo sería el mundo si todos hiciéramos diversos actos de bondad todos los días?

Made in the USA
Charleston, SC
11 December 2014